KB003649

서강에 다녀오다

황금알 시인선 81

서강에 다녀오다

초판인쇄일 | 2014년 2월 2일
초판발행일 | 2014년 2월 12일

지은이 | 임형신
펴낸곳 | 도서출판 황금알
펴낸이 | 金永馥
선정위원 | 마종기 · 유안진 · 이수익 · 문인수
주 간 | 김영탁
편집실장 | 조경숙
표지디자인 | 칼라박스
주 소 | 110-510 서울시 종로구 동숭동 201-14 청기와빌라2차 104호
물류센타(직송 · 반품) | 100-272 서울시 중구 필동2가 124-6 1F
전 화 | 02)2275-9171
팩 스 | 02)2275-9172
이메일 | tibet21@hanmail.net
홈페이지 | http://goldegg21.com
출판등록 | 2003년 03월 26일(제300-2003-230호)

값 8,000원

ISBN 978-89-97318-64-3-03810

서강에 다녀오다

임형신 시집

황금알

길이 내게 자꾸 말을 건다.

내려야 할 역 놓치고

늘 낯선 마을을 서성거렸다.

이 시들은 길 위에서 보낸 날들의

고해성사인 셈이다.

차 례

1부

2부

3부

1부

가을은

　가는 귀먹은 방씨 할아버지네 마당 어치 등에서 놀고
있다

　집총 거부하다 옥살이하고 나온 안식일 교도의 아가서
위에 오래오래 엎드려 있다

　깨어진 블록 담 틈새에 핀 깨꽃의 얼굴에서 땀 훔치고
있다

　건초더미를 씹고 있는 염소 뿔에 가을은 걸려있다 뿔
에 받힌 안개가 나직이 울고 있다

　백일기도를 끝낸 박수무당의 작두날에서 푸른 호흡을
가다듬고 있다

　석포역에 잠시 머물다 동점역으로 가는 영동선嶺東線의
가을은

치자 향香
— 분교장分校場에서

1
숨이 막힌다

입품 다 팔고
입에서 단내가 나는 날
섬마을 한 바퀴 돌아오다
빨간 지초 술 한 입 털어 넣고
집으로 가는 길
분교장 울타리 가에서
여우비를 맞으며 기다리다
내게 다가와
마신 술 확 깨게 하는
치자
꽃
향기

2
아득하다

바다는 안개를 몰아
아득하다고 칠판에 썼다 지운다
교실 벽에 걸린 몽유도원도가
마파람에 기울고 있다
안개가 삼킨 분교장은
한낮에도 복원되지 않는다
향기를 잃어버린 무화과들이
무겁게 젖어 있는
남녘의 끝자락
천 년의 바다에서 우러난 침향의
그리움으로
너는 거기 그렇게 서 있다

3
초분草墳 등에 업혀 오는 바람이 칭얼대고
그때마다 내 살갗에 내려앉아 진한 울음을 토해 낸다
그날 비망록에 썼다 지운
아득한 치차꽃 향기

늦봄, 대추나무

살아 돌아온 새들이
가시나무 끝에 앉아 있다
살아 있는 것마다 화간和姦을 꿈꾸는
부활의 아침
잎도 꽃도 없이 가시만 잔뜩 안고 서 있는 너는
골고다 언덕의 예수처럼 마르고 단단한 얼굴이다
오늘은 발이 붉은 머슴새가
가지 끝에서 피나게 울다 간다
꽃들이 달려오는 몽환의 거리에
가시막대 들고 졸음을 쫓으며
성성하게 서 있는 늦봄 대추나무
어느 날 마른 등가죽 찢고 나오는
새 움 한줌 틔우려고
행렬의 맨 뒤를 따라오고 있다
봄이 다 가도록 오지 않는
대추나무의 봄

산염불

화악산 기슭에는 황금 목걸이를 걸고 다니는 개가
일모—毛 시인과 함께 산다

철 지난 물가에서 놀던 개가 물어 온 번쩍이는 목걸이는
개의 목에 채워주고

돌아앉아

시인은 매일같이 화선지에 발자국을 찍고 있다
눈밭에 찍힌 참새 발자국부터 소백산에 두고 온 자신
의 발자국까지

산울림 영감의 발자국을 따라 내가 그의 집에 당도한
날도 화선지에는 이름 없는 무수한 발자국이 걸어가고
있었다 나도 그 발자국의 맨 뒤를 따라 경계가 없는 그
의 묵정밭 몇 구비를 돌아 내려온다

오늘처럼 눈비 오는 날은 길 떠난 발자국들이 돌아와
화선지에서 꾸벅꾸벅 졸고 있다
목걸이를 벗어놓고 졸고 있는 개의 곁에서

서강에 다녀오다

소나기재 베고 누워 있는 장릉 지나
서강에 이르다
물이 불어 오늘 배 못 뜬다네
적소가 보이는 주막거리에 주저앉아
강울음 소리 들으며
술을 마신다
여름의 분탕질은 끝났다
하늘을 찢어버리고 서강에 내려온
원호元昊,* 강의 역사 다시 쓰고 있다
생을 찢어버리고
온몸으로 길을 열고 들어 온 김립金笠
강바닥에 시를 널어놓고 몸을 감추었다
물소리 날아다니고
나비가 된 시들이 내려앉는 곳마다
골골이 흘러든 사람들
울음토끼처럼 숨어 우는
골짜기 너머 너머
또 너머

다시 분탕질로 얼룩진 강가에
아직도 시는 날아다니고
먼 사람의 길 위에 시는 날아다니고

금표비가 보이는 언덕에 주저앉아
자꾸 술잔이나 기울이고 있는

영월은 너무 멀다

* 생육신의 한 사람으로 서강 가에 정자를 짓고 머물렀다.

앉은뱅이꽃

낯선 마을에서 채송화를 만난다
흰 꽃잎이 경련을 일으키는 긴 가뭄 끝
꽃잎처럼 떠가는 붉은점모시나비를 따라
낯선 거리에 내려앉는
앉은뱅이꽃
스무 살 적 철둑길을 따라오던
낯익은 얼굴도 두 서넛
내가 서성이는 지점에
서성이고 있다
한없이 어디론가 가고 있던 여름을 보내고
가을의 입구에 서 있는 작은 역 앞에
누군가를 기다리고 있는
앉은뱅이꽃

연혁沿革

'먹을 것이 없어 갑니다'라고 벽에 써놓고 갔다 법화
종 젊은 스님은
  누군가 밑동의 껍질을 벗겨간 후 절 마당 가에 있는 옻
나무 시름시름 앓다 죽었다
  뒷방에서 겨울을 난 처사가 봄 되자마자 산의 정수리
로 올라가 목매 죽은 뒤로 아무도 오지 않았다
  나그네새인 검은등뻐꾸기만 빈 절 주위를 맴돌다 갔다
  그런 날이 있었다 노추산老秋山 해발 육백 골짜기에 있
는 선유사

  비구니 지온 스님이 청도라지 꽃밭을 잘 가꾸고 있는

분토리

눈발 속에 내리는 엽서들을 주으며
말을 찾아 나선다
측백나무 잎사귀에 머무는 엽서는
풋풋한 측백 열매를 키워내고

빈집, 빈 마을

복음서를 읽다 간 주인은
오래도록 돌아오지 않았다
까치밥으로 메어달리는
빠알간 구기자 열매만
홀로 말라가고

아무도 오지 않았던
겨울

방씨네 소

봄풀이 기를 쓰고 일어나는 꽃상여 길, 저물도록 혼자 놀다 돌아온다 흥월리 방씨네 소, 지난 겨울 사냥개에게 귀를 뜯긴 뒤로 큰 눈 더 크게 뜨고 먼 곳을 자주 본다 올봄엔 개복숭아 나무 아래 왕고들빼기 맛있게 먹다 혼자 놀고 있는 까치독사와 눈이 마주쳤다 겁 없이 눈 굴리며 가까이 다가가다 콧잔등 물려 한사흘 정신없이 앓다 일어났다 돌들이 돌아다니는 이문쟁이 감자밭, 누운 돌 보습에 걸려 완강한 환도 뼈 출렁거린 날은 밤새 무너지지 않으려 바람벽 붙들고 날을 샌다

방씨 할아버지 해묵은 기침 소리 자지러진다 꽃상여 길에서 왕고들빼기나 뜯다가 돌아오는 일도 올해로 마지막 일듯 떨어지는 해가 투막집을 불사르고 있다

22

바람이 전하는 말

아직도 꼬옥 쥐고 있다
레이니어 *국립공원 설산 아래서 만난
네가 주고 간 열쇠고리, 그것은
활활 타오르는 배화교도들의 거리에서
얻은 물음표 하나,
그것은 파라오들과 함께 순장殉葬된 자들의
하늘을 떠도는 한 소절의 노래
가슴에 얹고 다니던 집 한 채 내려놓고 너는 갔다
그 열쇠 쥐고 나는 건너왔다
태양의 도시 마리포사 *의 여름과
깊이를 알 수 없는 몬태나의 가을,
떠돌다 죽은 중음신들 울음 서걱이는
겨울강을 나는 건너왔다
지금은 편백나무 짙은 그늘에 눈 내리고 나는 잠시
물과 불의 집을 건너 바람의 집에 머물고 있다
이 눈 그치면 바람의 집을 허물고 이교도들이 떠난
희미한 자취를 따라 모악산母岳山의 봄에 들 것이다
끝내 찾지 못할 또 하나의 집을 찾아

* 미국 서북부에 있는 산마을.

아버지의 산

　새터로 이사 온 날 아버지는 앞산을 가리키며 "저기 산이 안 있느냐"시는데 여남 살 먹은 나는 그 말을 귓등으로 흘리고 살아오다 아버지의 나이가 되어서야 알아듣고 기억 속의 산 하나 복원해낸다

　눈에 갇혀 있는 노령蘆嶺의 국사봉 아래, 해묵은 할머니 기침 소리만 남겨두고 대처로 떠돌던 아버지가 내려놓고 다닌 산, 역천逆天의 길을 버리기가 그토록 어려웠던가 천방지축 길 아닌 길로만 다니다가 잔주름으로 여위어가는 아버지의 산 앞에 다시 서 있다

　아버지가 두고 간 산을 읽는다 상형문자로 집자 된 궁궁을을弓弓乙乙 아침마다 외우던 푸른 주문 몇 가닥 등고선에 걸려 있고 그 옆에 내 마음 속 깊은 골 작은 산 하나도 따라와 큰 산 옆에 누워있다

　한번 다녀오면 반년은 넉넉히 견딘다는 단목령檀木嶺 지나 쇠나드리 벌에 있는 누이의 가을 산도 따라와 있고

　아버지의 손가락 끝에 붉은산은 매달려 있다

선림원禪林院 가는 길

졸고 있는 가을산을 돌아다니며
물소리가 죽비를 친다

수없이 뜸을 떠댄
화강암 맨살이
비탈에 늘어져 있고

물소리를 삼킨 너럭바위
무너진 금당金堂 터에 가부좌를 틀었다

화전민이 이고 가다 내려놓은 길
툭 툭 끊어지는
선림원지禪林院址

물길 따라 올라온
닭 울음 소리 물소리로 풀어지자
면벽 중인
흔들바위 몸 풀고
기지개를 켠다

다시 비어 있는 자리에서
물소리가 세차게 들린다

* 선림원: 양양군 서면 황이리에 있는 폐사지.

의자

배론성지, 천주학장이들의 숯가마굴을
찾아가다가
입구에 있는 의자에 등을 기댄다
이곳은 언젠가 어머니가 다녀갔던 곳
목백일홍 사이로 꽃잎에 얼비친
어머니 웃고 있다
천천히 빛을 따라 도는
순례의 길
잔못 듬성듬성 솟구친 의자에
어머니 앉아있다
내색도 없이 편안하게
앉는 곳마다 불쑥불쑥 머리 내민
못대가리 그중의 하나였다, 나는

어머니가 앉았다 간 발밑
눈길 마주했던
키 작은 술패랭이꽃
꽃의 입에 귀 대고
흘려버린 말들 다시 듣다 돌아오는
환한 꽃그늘 속

석불역

젖은 새 몇 마리 날아와
몸 말리고 간다
초겨울 짧은 해 반짝 드는
손바닥만 한 역 마당
층층나무 울타리에 둘러싸여
역은 멈춰 서 있다
참회록을 읽던 시절
망미리望美里 갈대숲 찾아 헤매다
잠시 만났던 역
술을 뿌리며 지나온 날들 위에
지워져 간 이름
문득
서늘한 이마 짚어가며
그날의 하늘 만나러 가는 길
싸락눈 내리는 플랫폼
길 잘못 든 사람 하나 내려
젖은 몸 말리고 간다
치악雉岳의 끝에 매달려
더는 길을 내주지 않던
장대 끝에 높이 들려있는 역

2부

봄날은 간다

강릉 가는 열차
개마고원으로 가는 너의 자리가 비어있다
화들짝 놀란 꽃들이 돌아앉아 있는
칼바람 부는 날
남·북한강이 몸을 섞는 양수리 지나고
동·서강 얼싸안는 영월도 지난다
잇다가 만 철길 종착점을 향해
자주 울음을 삼키며 달려온 북행 열차가
잠시 멈춰 숨을 고르는 태백고원
나무들도 생각을 한 짐씩 짊어지고 서 있다
좌·우로 어깨가 기울어진 집들이
아문 상처를 서로 어루만지는
함백산 그늘 깊은 곳 잠시
바람 멎은 차창에 기대어
신경통을 앓는 내가 해바라기를 한다
왼쪽이 가라앉으면 오른쪽이 결리고
오른쪽이 우선 하면 왼쪽을 쥐어뜯는
이 늑간 신경통

구겨진 신문지 활자들마저
좌우로 날을 세우는 끝 모를 평행선 위로
텅 비어 있는
봄날이 지나간다

고향에 가지 못하리

비 그치자 꽃 진다
한때 출렁이는 배꽃 밭을 맴돈 적이 있다
오랑캐가 해를 물고 달아나는 실종된 봄날
놀라 몸을 떠는 나무들을 오래 바라본 적이 있다
화석이 된 집과 마을을 버리고
노을에 떠 있는
과수원 길을 오래 걸은 적이 있다
그날 내가 날려 보낸 병 속의 새는
먼 하늘가를 떠돌고
길은 멀어 고향에 가지 못하리
안으로, 안으로 칼금을 그으며 생채기만 들여다보는
길고 긴 봄날
꽃그늘 속 그림자만 쫓아가다 길을 놓친 적이 있다
아무에게도 말 섞지 않고
무풍지대, 태풍의 눈을 건너와
다시 불암동 배꽃 아래 서 있다
이 꽃 지면 다시는 안 피는 줄 알았다, 꽃은
지고, 지고
아무 일도 없이

쑥의 뼈

낮은 자리마다 쑥이 자란다 지상에 흩어진 뼈들이 자라 약쑥을 키운다 내려앉은 봉분 위로 물쑥 한 다발 밀어 올린다 창생蒼生의 뼈들 쑥뿌리로 살아남아 촉촉이 젖은 다북쑥 키우고 있다 뼈마디 마디가 애쑥의 쑥대로 자라고 있다

갓 시집온 아낙이 물쑥 한 바구니 이고 간다 그 쑥 밥이 되고 떡이 되어 흉년의 주린 배 채우고 그 쑥 차가 되고 뜸이 되어 젖은 골수 덥히어 대대代代로 이어 왔다 향긋한 약쑥 모깃불 되어 풋잠 자는 평상 위 고단한 뼈 펴 주었다

아버지의 뼈 할아버지의 뼈가 키운 쑥이 아들 손자의 뼈를 키우고 지상의 곳곳마다 생육하고 번성한다* 끝내 없어지지 않을, 가장 처음이자 가장 마지막까지 남을 쑥의 뼈, 뼈의 쑥이 구름처럼 빈터에 일어나 마른 땅을 움켜쥐고 있다

* 창세기 1장 22절에서 인용함

그해 겨울

그해 겨울은 과수원 밑 화가의 집을 한 바퀴 돌아오곤
했네 눈부신 빨래들만 졸고 있는 마당 가를 나무들이 병
정처럼 에워싸고 있었네 과수원이 끝나는 곳 검붉은 산
이어지고 더는 갈 수 없는 곳에 얼어 죽은 떠돌이 무덤
이 있었네 무덤가에 오기로 살아온 모감주나무 뻣뻣한
가지만 살아서 하늘로 올라가고 있었네 빈산을 때리며
올라오는 바람 소리에 귀 울음만 깊어갔네 그해 겨울,
눈은 구경할 수 없고 널뛰는 바람만 울부짖고 있었네 흉
년이 들 거라고 수군대는 표정들이 산그늘보다 더 깊게
패여 있었네

강이 지워졌다

작심한 듯 안개가 강을 지우며 건너온다 임진강 가의 찻집에서 안개를 마시다 실종된 날이 있다 사라진 발원지를 찾아 강줄기를 헤맨 적이 있다 오래 매복해 있던 안개가 일어나 실체가 없는 지상의 것들을 지운 날이 있다 떠도는 토종의 홀씨들 건너지 못하는 강을 지우고 외인부대의 마당을 지운다 안개가 걷어낸 것은 참호와 철책만이 아니다 풀꽃 움켜쥔 뼈와 뼈만이 아니다 안개가 밀어낸 것은 누더기진 소문과 허울뿐인 소문의 벽과 울음 깊어가는 강과 강, 날벼락에 찢긴 하늘과 하늘의 먼 우레와 천둥을 넘어 맨 나중까지 지니고 있는 모든 것, 사라진 천부경과 화랑세기까지 안개가 지운 것은

그리고 또 안개가 지운 것은

안개 자욱이 끼어 천지 분간을 못 하는 오늘에야 강은 깊은 울음을 멈추고 잠시 잠을 청한다

물 위의 집

물배를 가득 채우고
마름처럼 떠 있는 집이 있다
전설 속 거대한 시조새들이 내려와
날개를 퍼덕일 때마다
지상에 호수 하나씩 내려앉고
황금의 삼각지대 아편꽃 진한 그늘 속에 묻혀 사는
묘족猫族들 떠 내려와
뻣뻣한 남루를 깁고 있다
생이가래처럼 흐르는
톤레삽 호수 한가운데 수상가옥들은

남방의 해 가릴
그늘 한 점 없어
더는 감출 것이 없는 물 위의 집
비오리처럼 발이 붉은 여인이
느린 해를 따라 맴돌고
먼 강을 돌아오는 사내의 손에
은비늘 한 줌 쥐어져 있다
물만 바라보다 해는 기울고

우울에 지친 달맞이꽃은 다녀가지 않았다
흰 이를 활짝 드러내고 웃는 아낙의 얼굴마다
내리는 보랏빛 등꽃 향기
굵은 등뼈를 타고
나팔꽃도 몇 점 기어오르고 있다

번잡림煩雜林에 들다

　중복 건너 말복의 한낮, 불이 물을 에워싸고 그늘을 태우고 있네　후고구려 터에 있는 짚다리골 자연 휴양림, 자연은 어디 가고 피 뚝뚝 듣는 살코기 태우는 사람들 골짜기마다 널려 있네 귀틀집 지워진 자리마다 장시場市처럼 들어앉아

　나 번잡림에 들었네 살이 타고 뼈가 타고 기름마저 태우는 그늘 깊은 곳, 하늘 가린 연기 속 나 길을 잃었네 명상하던 풀잠자리 자취를 감추고 향기를 거둔 칡꽃도 넝쿨 속 깊이 몸을 숨겼네

　나 갇혀 있네 물이 끓고 바람이 끓고 노래가 끓어 넘치는 번잡림에 나 갇혀 있네 빛과 그늘 모두 소리와 연기에 파묻히고 숨어 있는 십 리 물길 가득, 문신처럼 냄새가 지워지지 않네

　황망히 자리를 뜨면서 돌아보니 산마루에 걸린 후고구려적 구름 몇 조각 번잡림을 황급히 빠져나가네 어디론가 급히 몸을 숨기네

비누

1
돌투성이인 지적산*도
잔잔한 향기를 풀어
제 몸을 닦고 있다
비 개인 오후
용포*재 넘어
어머니가 이고 온 행상 보따리
꽃이 밥이 될 수 없는
찔레꽃 향기 가득 담겨 있다
어느 날 밥이 되고
목숨이 되어 돌아올
몇 장의 비누
아무렇게나 뒹굴고 있는

2
노란 오이꽃 흐드러진 마당
색색의 비눗방울 날아다닌다
비눗방울 하나씩 지워질 때마다
어머니의 몸 가벼워진다

뼈를 비우고 살을 비우고
거품이 된 몸을 풀어 천둥벌거숭이들
얼룩 말갛게 지워놓고
가벼워진 몸
마침내 오색 비눗방울로 떠 있다가
스러진 자리
또 한 장의 마른 비누로 누워 있다
어머니는

* 무안군 삼향면에 있는 산과 재.

40

쌍치雙置반점

　문 열어놓고 설씨 자리에 없다 한나절 기다려도 들고 나는 사람이 없다 쌍치면 소재지에 하나 남은 밥집 쌍치반점, 한참 만에 산역山役꾼 되어 설씨 돌아온다 뜯지 않은 밀가루 포대 윗목에 밀어두고 수타면 빚던 손이 묵은 뗏장 뜯어 뼈 주무르다 왔다

　죽은자의 뼈로 산자들이 밥을 먹는 하수상한 시절의 봄 같지 않은 봄날 임시 이장移葬 노동자 된 중국집 주인 설씨 이장일 끝나면 밥집 문 닫고 이 바닥 뜰 거란다

　목화, 담배밭에 붉은꽃 흰꽃 사라지고 묵밭에는 독새풀만 펄펄 살아있다 사라진 꽃들이 신화를 쓰고 있는 운암강, 뱃길 끊긴 강진나루 가는 순창 쌍치면 소재지에 하나뿐인 밥집 문 닫으면 쌍치에는 입이 없다 이천식천以天食天*의 집 쌍치반점, 이제 쌍치에는 하늘도 없다

* 우리가 먹는 것은 우리가 섬겨야 할 하늘이다(동학경전 해월 법설편).

우리 지금은

할 말이 있어요
우리 첨 만났던 강가로 가요

우리가 만났던 날은 산벚나무 손을 맞잡고
향기를 서로에게 나누어 주던
봄의 한가운데

우리는
모든 것을 안아주는 물이었다

지금은 바람 부는 때
언제부턴가 우리는 쇠가 되어
조금씩 서로를 깎고 있었다
아물지 않은 상처 아직은 싸매고 있지만
우리는 한때
수달래 붉게 어리는 숙암계곡
탄부炭夫의 옷 옥양목처럼 희게 빨아내던 물이었다

할 말은 조금 두었다 하자

먼 길 돌아온 새떼들 아픈 다리 쉬었다 가는 두물머리
지친 어깨 다독이며 밤안개가 강둑을 건너오고 있다
밤바람을 피해 갈대들도 몸을 낮추고
억센 팔로 서로를 껴안고 있다
우리 마지막 말은 조금 두었다 하자
새벽이 올 때까지
해가 뜰 때까지

두고 온 나무

나무 한 그루 걸어간다
서시베리아에서 온 엘레나는 한그루 자작나무다
해가 강물에 몸을 푸는 일몰의 시간
드비나강가에 두고 온 나무들이 끌고 가는
긴 그림자 속 한 그루 나무로 걸어간다, 엘레나는
서늘한 수액으로 몸 적시고
수천 수백의 귀를 여는 백자작나무에 기대어
오늘 건너 온 벌판의 모래바람을 이야기 한다
서울 하늘 밑에서
용케도 찾아낸 자작나무 두어 그루
하루 한 번씩 찾아가
자작나무 하나 업고 간다
우랄산맥 너머
드비나강가의 두고 온 집 마당
또 한그루의 나무로 서 있다 온다
엘레나는 오늘도

사리암 가는 날

늦다 늦다 늦다
운문호湖 지나는데 호반새 나보고 지저귄다
늦지 않았니? 늦지 않았어?
절골 다다르니 눈잣나무 말을 건다
더딘 걸음의 티벳 라마승과 함께
사리암邪離庵 나반존자 만나러 가는 길
가을볕에 타는 서역승의 입술이
애기메꽃처럼 말라 있다
늦을지도 몰라 늦을지도 몰라
일주문 너머 눈 부릅뜬 천왕상이 말한다
돌계단 오르는데
뭇 사람의 손 잡아주고 난 나반존자
독성각 비우고 자리에 없다
산 그늘만 빈자리에 흔들리고 있다

노산魯山이 쓴 편지

금성錦城이 죽었다

불온한 소식을 한 줌씩 뿌리며
바람이 달아나고
바람의 빈터에 놀던 어린 새 자취를 감추었다
무리 지어 피어난 망초 울타리 친
꽃 감옥에서
순라를 도는 꽃들과 잠시 눈인사 나눌 뿐
내 하루는 그늘에서 그늘로 자리를 옮긴다
허연 조팝꽃 소금 뿌린 듯 상처 덮고 오는
서강의 봄날
물길 끊긴 강 건너
물까마귀 소식을 물고 왔다
무량사를 떠나 수락골에 밭을 일구던 설잠雪岑
홀연 몸을 감췄다
절을 버리다니
집마저 버리다니

쑥골

쑥골에 쑥이 없다
십 년 만에 다시 들어 온 쑥골
원색의 집들이 남방의 사원처럼
난반사 하는 햇볕을 마구 쏘아대고 있다
양동면 소재지에서 한참을 쑥 들어가서
온통 쑥 천지였던 쑥골
한때는 금 따러 사방에서 몰려들어
쑥대머리이고 있는 집 몇 채 흔들고 다녔느니
바람 잠잠하더니
새뱅이 놀고 있는 개울 물줄기 따라 올라온
주말 별장, 한 집 한 집 늘어선 뒤
회칠한 무덤처럼 길을 모두 바르고 덮었다
마을 안길에서 옹기종기 놀다 내몰린
물쑥 인진쑥 다북쑥
멀리 고갯마루 턱에서
고개 내밀고 쑥골 내려 본다
지열이 타고 있는 포장도로 끓어오르고
쑥골에는 이제 쑥이 없다

3부

폐사지에서
— 그날은

그날 폐사지 답사는 고달사지에서 시작하여 거돈사지
에서 끝났다 가는 곳마다 이름 하나씩 집어주며, 입이
귀에 걸린 마애불 손을 들어 알은체한다 무너진 채로 엎
어져 있는 것만은 아니었다 돌탑은, 반쯤 일어나서 된
힘을 쓰거나 누워서 뒤집기를 하고 있었다. 그날은 내
생일날, 수직으로만 올라가는 운일암 등반을 접어두고
수평으로 누워 한없이 기다리고만 있는 처처불상들, 언
제부턴가 내 마음 안에 들어와 숨겨진 하늘로 이끌어내
던 나를 보고 싶었다

목계나루 건너 엄정면 괴동리 억정사지億政寺址, 수인처
럼 잊혀진 이름 가을 햇볕 속에 타고 있었다 땅바닥에
뒹구는 쇠북이 노래가 되어 울음 울 때마다 연못에 던져
진 불상들 키 큰 부용芙蓉의 꽃대 하나씩 밀어 올린다

땅속 깊이 매장된 명문銘文을 눈동자처럼 지켜낸 밤을
지나
한 하늘을 삼켰다 토해낸 선연한 피 흐르는 흙더미 속
천 년 웅크리고 있는 이름 되찾은 날

막혔던 물길 열리고
당초무늬 암막새 등에 업혀 가던 물고기떼
잠시 뭍에 내려 숨을 고른다

돌미륵 머리에 꽃을 인 채 집을 비우고
처처의 내가 만행 중이다
그리고 기다리고 있다
그날의 구름
바람
햇볕 숨을 죽이고

쇄鎖재를 넘으며

생각에 잠겨 있다 낮은 집들이
맺혀 있는 것 다 풀어 내놓고 허허 웃고 있는 민둥산
아래

조금 열어 놓은 문틈으로 세상 소식을 들여 마시며
한 발짝씩 집들은 신작로로 다가간다
덧칠한 원색의 바람벽을 끌고

술래가 된 물봉선 돌아다니다 내 손을 붙잡는다
처음 들어간 날 비알밭 사이로 들어간 날 너와 집 두세 채
서로 끌어안고 눈만 빼꼼히 내밀고 있는

수달래 떠내려오는 정선 자미원 지나
두문동 들어가는 옛길

나무들이 해금을 켜고 있다
그만 그만한 옹관묘 나뒹구는 민둥산 갈꽃 불 지르며
천둥벌거숭이 나무들이 해금을 켜고 있다
산자들의 이마에 정을 쪼며

화서 이항로華西 李恒老

벽계구곡 가는 길은 별자리만큼이나 멀다

그 먼 곳에서 내가 모르는 별자리를 그리고 있는
당신의 밤은 깊다

어쩔 것인가

궁 앞엔 도끼를 메고 엎디어 울부짖는
면암勉庵의 울음
산 첩첩 물 첩첩 건너오고
그믐밤처럼 어두운 왕조의 하늘을 열기 위해
외진 모방에서 그리고 있는
새땅, 새 하늘의 천상열차분야지도

그날 그 가슴에 들어 온 별들은
백여 광년
운행을 멈추고
다락방에 갇혀 있더니
오늘 또 다시 기념관 유리벽 안에 갇혀 있다
척사의 눈 부릅뜬 채로

눈이 오는 날은

눈이 오는 날은 기다리는 날이다
굴뚝새처럼 꽁지를 내리고
아무 일도 없는 바깥 세상을 향해
귀를 세우며

모처럼 군살 박힌 손가락들 쉬게 하고
강설의 무게만큼 패인
주름살도 펴게 하는

편백나무 향기가 내리는 집
그날의 햇빛 떠다 촘촘히 뿌리고
눈이 오는 날은 기다린다
지난 가을에 다친
발목을 붙들고
미세하게 움직이는
나뭇가지의 일렁임에도 한 생각씩
걸어놓고

깊은 강물에서 건져낸 돌들과
수화手話를 나누며

달이 오르면

먼 강물 소리
환청에 귀를 세우던 나무들
달 오르자 마디 마디 막혔던 물길 흐르고
불볕 아래 소신공양을 끝낸 민달팽이
화상 입은 발 서늘한 달빛에 담그고 있다
지금은 하늘과 땅이 만나는 시간
무병巫病을 앓는 나무들
달 하나씩 손에 쥐고
강신무를 추고 있다
푸른 짐승처럼 엎디어 있는
사불산 윤필암潤筆庵
울음을 삼킨 종이 운다
소리가 빛이 되고
빛이 소리가 되어
온 산을 흔들 때
먼 길을 돌아 온 맨발의 누이
달항아리의 몸을 풀어
달무리 하나 가득
채우고 있다

겹동백나무

동백나무 깨금발로 서 있다
영암 금정면 시루봉 아래 무너진 재실 마당
얼굴도 못 본 할아버지가 심은 나무
아직도 이름표를 쥐고 있다
씨방 깊숙이 화티도 숨겨져 있다
할머니 시집올 때 꼭꼭 묻어온 불씨
아직 활활 타오른다
초례청에 앉아 술 넙죽넙죽 받아 마시고 혼곤한
봄 햇살 속을 잘도 돌아다닌 겹동백나무
총탄 우박처럼 쏟아져 내린 어느 해
꽃잎 피로 물들인 날부터
말문 닫고
문이란 문 모두 닫고
제자리 움쩍 안고 붙박이로 서 있다
아버지 집 나간 뒤 평생 말동무 되어
어머니와 함께 지내 온 겹동백나무
오늘은 흩어진 식구들 이름표 하나씩 손에 쥐고
무슨 말 할 듯 말 듯
이내 말문 닫고
시루봉 너머 눈길 던지고 있다

대낮

달동네 동사무소 곁방에 있는 작은 도서관
구석 자리에서 시 몇 줄 다듬다가 마을 안길 거니는데
울타리 가에서 호박씨를 묻던 낯선 할머니가 말을 건다
넣었소?
(재개발 동의서 말인가!) 재개발이요?
아니.
(동사무소 홍보판에 나붙은 공공근로 안내문 퍼뜩 생
각나)
공공근로요?
고개 끄덕
아니오, 할머니는요?
나는 넣었소

웬? 공공근로?

가만, 내 행색 살펴보니 작업복 차림에 대낮, 산동네
오르내리니
흡사 양지마을 실직자라

홍보판에는
공공근로 하루 일당 삼만 팔천 원, 수당 삼천 원
하루 벌이 사만 원이 넘는데

일주일 엎어져 쓴 내 시는?

길 위에서

유배지 가는 길 하나 살아남아
기다리고 있다 낯설어라 두리번거리며
투박한 쪽문 열어젖힌 집들 새알처럼 품고 있는
강진만 마량포 지나
회진 가는 길
아직은 절개지에서 생피 흐르지 않는다
뒹구는 막사발 하나 가득 철철 넘치는 단술 받아 마신
동백꽃, 불콰한 황톳길 따라가면
심심한 바다가 막춤을 추며 포구를 데리고 놀고 있다
가지산문迦智山門에 들다가 흘린 말 몇 마디도 꼬옥
손바닥에 쥐고 있는
언젠가는 생살 찢듯 찢겨 들리어질 길 하나
치마폭에 꼭꼭 숨기고 싶다
한번 갔다 다시 못 돌아온
원교圓嶠*의 신지도 유배지 길
느린 걸음을 위해

* 원교圓嶠 이광사李匡師는 조선 영조 때의 명필로서 마량포 건너 신지도에서
  귀양살이 중 유배지에서 생을 마쳤다.

금골산에서 놀다

젊은 날 섬으로 들어갔네
울음 우는 울둘목 건너
띄엄띄엄 집들 품고 있는 금골산 아래
복길씨네 주막에 짐 풀었네
땅거미 질 때까지 입품 팔고
서둘러 골방으로 돌아와 잠만 잤네
어느 날 다가온 산이 말을 걸었네
기우는 석탑을 돌아 풀섶 헤쳐 들어가니
우물 속에 놀던
오래된 구름 한 자락 놀라 급히 달아나네
주인 기다리는 해원사海院寺 터 마애불 복장 속
감추어 둔 별초들의 칼 울음 울고
가느다란 햇빛 따라 석실에 드니
이주李冑의 쓰다만 금골산록金骨山錄＊한 권
버려져 있네 글자마다 뻣뻣이 고개 쳐들고 있네

바다 건너 또 한사람 건너오네
울음 우는 명량나루 건너 유배지로 건너오네
무오년 사약 받으러 내려간 이주와 함께 오네

영등사리. 갈라지는 모세의 바닷길 따라 건너와
한줄기 햇빛 붙들고 있는 석실에서
오늘도 해배解配 기다리네
금골산에서 세 사람 놀고 있네
먼저 온 나
뒤에 온 나
이주李胄와
오늘도 금골산에서 해배 기다리네

* 김종직의 문인인 이주李胄가 무오사화 때 진도로 유배되어 금골산에 올라
  지은 유산록(遊山錄)이다.

다시 강가에

나무들의 귀를 빌려 듣는다 그날의 물소리를
나무들의 혀를 빌려 맛본다 그날의 바람을

나무들의 말을 찾아
미루나무 숲이 있는 강가로 가면
수천의 귀를 열고 기다리는 나무들
발돋움하며 손을 흔든다

한 그루 나무가 되고 싶어
나무들의 영토에 편입된 날
나무들은 내게 아무것도 묻지 않았다
사람의 말을 버리고
나무들의 수화를 익히는 날
나무들은 아무것도 내게 보여주지 않았다
큰 키의 미루나무들이 노을에 푹푹 빠져 돌아올 때까지
그날 내가 한 일은
나무 향기에 흠뻑 젖어
강물의 옆얼굴을 바라보는 일
그날 내가 한 일은 순한 입술로 그려내는

강물의 구화口話를 해독해 내는 일
강물 속에 가라앉은 맑은 바람 한 줄기 들어 올리는 일
그날 내가 한 일은,

귀가 운다

우는 귀 붙들고 울고 있네
술 한잔 맘 놓고 마시지를 못 하누나, 그대는
차떼기로 장사하던 시골 큰형
언 땅에 묻고 돌아온 날
올망졸망 조카들 눈에 밟힌다더니
그여 귀앓이를 하네 그려 오늘따라 귀가
더 운다고 하소연이네
지난 봄 담임반 아이들
패싸움 했대서 경고 당한 날부터
귓속엔 사물놀이패가 진을 친다네

삼대가 함께 사는 집
방 한 칸 더 마련하려고
허둥지둥 뛰어다녀도
다락같이 올라버린 집들 쳐다만 보고
홧술이나 마시고 온 날은 밤새도록 귓바퀴에
기차가 지나간다네
그 기차 따라 하루 한번 멈춘다는 태백 고원의
추전역柚田驛 근처 토방에 군불 지피고

죽음처럼 깊은 잠 자고나도
귓속 깊은 터널을 지나는 기차는
멈추지를 않는다네

청등도青藤島

소중간군도 가는 배가
섬들을 하나씩 내려놓는다
맹골도, 죽항도, 독거도*
봄날 서남 해상 국립공원
섬을 버리고 꿈꾸는 바다에 들면
수백 마리씩 솟구쳐 오르는 쇠물돼지
사라진 암각화를 바다는 그리고 있다
청보리 물결치는 청등도를 향해
춤사위 가파른 쇠돌고래
중모리 중중모리 휘모리로 넘어온다
암각화 속 투창을 든 사내들 걸어 나와
바다의 급소를 찌른다
상괭이들이 끌고 오다 놓친 바다가
가라앉는다

폐교된 분교장에서 바라보는
헛손질의 바다, 소중간군도 끝머리에
쑥대머리로 웅크리고 있는
청등도는

칠산 앞바다 황금 조기떼의
날아다니는 비늘만
무문토기에 쓸어 담는다

* 조도군도 남단에 있는 소중간군도小中間群島의 섬들.

소금꽃

한 됫박의 멸치가
한 됫박의 보리쌀을 기다리는
무안군 일로 장터
봄 햇살 노랗게 튀고 있는 난장에
반쯤 눈을 뜨고 졸고 있는
늘그막의 아버지
사흘에 죽 한 모금 먹어도
사람 행실 잘해야 한다던
서슬 퍼런 말씀은 놓은 지 오래다
황사 바람 심술부리는 장 모퉁이
일용할 양식을 기다리는 해 긴 봄날에
마른 이마에 허옇게 피어나는
소금꽃

바람벽도 없는 오일장
바짝 마른 갯것들 줄줄이 뉘어놓고
봄볕 한 짐 짊어진
허리 두드리던
철둑길 옆 아버지의 작은 장터

회귀하는 멸치 떼를 따라
나 이곳에 와 있다

4부

한 권의 책

만권의 책 채석강 바람 속에 묻어두고 동강 가에 와서
또 한 권의 책 집어 든다 강마을에 와 사공으로 주저앉
은 떠돌이 중 이혜수씨, 어라연 물길 오가며 한 소식 기
다린 지 오래다 그의 깊게 파인 주름의 행간마다 촘촘히
새긴 문장 한 올씩 풀어내어 한나절 읽고 또 읽는다

어제 읽다가 만 책, 물살에 떠내려 보내고 오늘 또 한
권의 책을 찾아 마대산 아래 미사리 명생동*, 숨어든
폐족의 후예들이 돌보습보다 더 질긴 발바닥으로 써내
려간 산거山居 일기 읽다 잠이 든다

내일 어디에서 만날 수 있는가 또 한 권의 책, 노란 만
병초 흐드러진 별방別方, 사지원斜只阮 등 너머 궁예가 알
을 품다 떠난 흥교사지興敎寺址, 연못 속 괴각승들이 던져
버린 등짐장수들의 보따리 속 아직 끝나지 않은 이야기
책 한 권 건져내어 읽어 볼까

바람 속 만권의 책 던져 놓고 오늘 길에서 또 한 권의
책을 집어든다

* 미사리 명생동未死里 命生洞: 강원도 영월군 하동면에 있는 마을

72

삼엽충화석

건들장마 지나고
혼자 웃다 모로 쓰러져 울고 있는 접시꽃
발아래 푸른 바다가 깊다
어느 날 마당 한가운데 떠오른 삼엽충
낮잠을 자다,
돌 속에 들어가 봄꿈을 꾸다,
내 꿈속에 들어와
이곳이 바다이었음을, 붕새가 날아가던
소요유逍遙遊의 바다 한가운데이었음을
넌지시 알리고 갔다
잠 깨고 나서 둘러보니
접시꽃 주저앉은 장독대 받침돌로 괴어 있는
삼엽충화석
달곳 황기밭에 마실 나갔다 온다
산마늘밭에서 등짐을 지고 가던 물방울화석도
잠시 가래나무 밑에 땀 식히며
바다가 산이 되던
개벽의 날을 반추한다
꼭꼭 숨었던 무지개도 나와서 원생대적 쪽빛 하늘
이고 가고

희망촌 1길

은사시나무 포자가 눈처럼 날리는 언덕에 희망촌이 있
다 상계4동 배수지 아래 철거민들이 모여들어 사십 년
넘게 희망을 먹고 산다 거미줄처럼 얽혀있는 골목마다
만신들의 깃발이 펄럭이고 그 옆에 엉거주춤 태극기도
붙들어 매져 있다

기울어진 담벼락에 나팔꽃 씩씩거리며 올라간다
사금파리에 찔린 청도라지
독기를 뿜고 웃자라는
한 뼘의 마당
대낮은
텅 비어 있다

무허가 봉제 공장 사라지고 교회가 들어섰다 목공소
있던 자리 단청 고운 절도 하나 들어앉아 서로 마주 보
며 희망 한 줌씩 나누어 준다 겨우살이풀처럼 늘어져 있
는 할머니들 등 뒤 며느리밥풀꽃도 기웃거리고

만신들의 깃발이 휘청거린다

오늘 또 무엇이 들어와서
어떤 희망 한 줌
뿌리고 가려나

풍장

누군가 덫을 놓고 기다린다
전망 좋은 화악산의 방
유리창이 번쩍번쩍 날을 세운다
토막 난 새들의 길 위에

새들이 한눈파는 사이 도둑같이 들어선 언덕 위의 집
응달에 나뒹구는 신갈나무와 서어나무
서로 껴안고 몸을 덥힌다
지워진 길을 찾아 전속력으로 날아오는 곤줄박이 한
마리
유리창에 사정없이 이마를 찧고 떨어지는
새움 돋는 맑은 봄날

칼산의 벼랑바위를 넘나들던 완강한 힘줄들이 맥없이
찢기운다 숨죽이고 있던 바람이란 바람은 다 일어나 장
례 준비에 분주하다
어제 죽은 새 내일 죽은 새들의 감기지 않은 눈을 염습
하며 바람이 메고 가는 상엿소리는 우레가 되어 온 산을
흔들고 있다.

피노리 *

게으른 해가 늦게 일어나고 일찍 잔다 가끔 골짜기에
갇혀 길을 잃는다 냉이꽃이 땅을 움켜쥐고 있는 비탈밭
키 재기를 하고 놀던 돌들이 발소리에 놀라 뿔뿔이 흩어
진다

물안개 떠 있는 언덕은 숨어서 외우는 주문처럼 나직
한 집 몇 채 따개비마냥 업고 있다

언제부턴가 모란은 혼자 웃고 있다

뒤꼍에 졸고 있던 꽃들이 풍경소리에 놀라 깬다 수런
거리다가 방울방울 피 흘리며 능선을 기어오른다 풍경
소리 온산을 깨우고 마른 뼈들 꽃으로 일어나 잠시 숨을
돌리다 이내 등성이 너머로 몸을 숨긴다

비어 있다
꽃들이 지나간 자리
아무 일도 없었던 것처럼 문이 닫힌다 우박이 다녀간
해맑은 아침 널브러진 푸성귀 찢긴 귓바퀴에 햇살 한 줌

화인火印처럼 박혀 있다

   * 피노리避老里: 동학 농민전쟁에서 패한 전봉준 장군이 숨어들다 피체된
    순창 국사봉 아래 있는 산마을.

햇빛 한 줄기 버려져 있다

흙집 한 채 뿌리 뽑혀져 있다
사람이 살기 가장 좋다는 해발 칠백
삼도봉 아래 모운동 골짜기
이랑이랑 쥘 흙 놓아버리고
집 한 채 빈산에 떠 있다
해를 넘긴 고랭지 배추밭 허옇게 말라가고
잡초 엉클어진 마당 가에 쓰다만 가계부 버려져 있다
흙 묻은 가계부 펼쳐 드니
한 땀 한 땀 메워간 칸 칸마다
고등어 한 손 걸려 있고
소금 한 됫박 엎질러져 있다
실밥 뜯긴 포댓자루에는
실낱같은 햇볕도 한 줌 버려져 있다
웃자란 애기똥풀 더미에 내팽개쳐진 가계부
빈손의 바람이 장을 넘길 때마다
적빈의 붉은 글씨 또렷이 드러난다
쥐오줌풀 사이에서
개불알꽃 사이에서

감로암 甘露庵

물 찾아다니다

약천사藥泉寺 지나 감로암 기슭 숨어있는 샘 하나 찾아
내다

그 물 마시며 한철 머물렀다

물 마시다 새 본다 물 마시다 꽃 본다 물 마시다 물병
자리좌 본다

지나던 새 물 마시고 과꽃 내려와 물 마시고 초록뱀 건
너와 물 마신다

울타리 가에 키 큰 골담초 노란 꽃잎 흘리며 물 마시다
간다

약사여래 그 물 마시고 아픈 이마 짚어준다

배롱나무 그 물 마시고 벙싯벙싯 웃고 있다

다시 감로암이다

없다, 물 없다 샘 없다 감로 없다

과꽃 없다 멧새 없다 약사여래 없다 초록뱀 없다

있다, 돌샘 있던 작은 마당 넓은 마당 되어 표정없는
석불 하나 서 있다 큰 법당 하나 있다 큰 부처님 하나 있

다 큰 절 하나 있다 없던 대웅전에 없던 신발 여럿 있다

　물 마시다 하늘 마시던
　돌샘 없다, 약천암에 약천이 없다
　감로암에 감로가 없다

봄날

노란꽃들이 무리 지어 가다
쉬어가는 무덤가에
나도 잠시 몸을 부린다
내 곁에 왔다 간 모든 이들에게
용서를 구하고픈 볕 좋은 봄날
무덤까지 가지고 갈 죄를 고백하고픈
환한 봄산에
봉쇄수도원의 종소리 머물다 간다
몸을 다시 얻은 양지꽃들이
서로 마주 보며 웃고 있다
겨울집을 허물고 나온 박새가 날개를 말리며
내 눈을 한참 들여다보다 간다
저만치 홀로 떨어져 가는 오랑캐꽃에게 가서
화해의 손 잡아주고 온다
살아있는 모든 것들에게 용서를 구하고픈
양지바른 무덤가
오래오래 땅을 보듬고 있다
내려놓고 돌아오는 길
잠시 쉬고 있던 꽃들이 나를 따라 일어선다

두근거리는 땅을 업고
나를 따라오고 있다

기차는 목마르다

환상여행을 떠난 기차는
목말라 자꾸 강물을 퍼마신다
칸칸마다 쟁여 있는
원목과 석탄 더미 내려놓고
아직 시들지 않은 꽃잎, 노을
잠들지 못한 바람까지 가득 싣고
낯선 숲에서 숲으로 몸을 감춘다
술래가 되어 맴돌던 기차가 쉴 곳을 찾는다
태백고원, 나비들이 앉았던 자리에
조용히 몸을 부린다
시간이 지워진 자리
건조하고 굳은 흙바람 속에 잠든 기차가
나비를 꿈꾼다
삼방 신고산 석왕사역 지나
부채붓꽃 흐드러진 개마고원의
부전호반, 황부전나비로
기차는 내려앉는다

오래된 가방

마른논처럼 거죽이 튼 가방 하나
소작농이던 아버지가 두고 갔다
할아버지한테 물려받은 가승家乘 한 첩
꼬옥 안고 있는
허울뿐인 유산 한 채
잉크 빛 희미한 이력서는 구석에서
아직도 소식 기다린다
시효 지난 차용증 몇 장 볼이 부어
가방 속에서 종주먹질이고
한 때, 빚 문서 다 살라버리고
술맛이나 보자며
백화주나 빚자며
이 골 저 골 백 가지 꽃을 따서
가득 채워 오던 가방은 꽃향기 가득한
향낭이었다
지금, 아버지의 짧은 생애가 꽃씨 몇 알로
깊은 잠을 자고 있다
끝내 피워보지 못한 꽃으로
또 하루가 저물고 있다

장호원長湖院을 꿈꾸다

소읍을 꿈꾸었네

목말라 자꾸 하늘 보던 날
말과 사람이 쉬어가던 원院 터
장호원의 하늘을 꿈꾸었네
한 번도 가본일 없는 그곳은
복사꽃 소리 없이 져 내린다는 도원의 땅
장호원의 약초원을 꿈꾸었네
앵초 짙은 그늘에 앉아있는
청석靑石이고 싶었네
구름이 쓰는 편지를 읽다 잠이 들고 싶었네
역마살을 몰고 오는 바람이 불면
광혜원廣惠院 가는 길목에 있는
장호원
내 혼은 원 터를 맴돌았네
음유시인을 따라가다 놓친 길에서
돌아올 줄을 몰랐네

훗날 지나다 본 장호원은 그만 그만한

소읍이었네
무릉의 하늘은 아무 데도 없었네

서거차도

새떼처럼 건너가던 섬들이 잠시 내려앉아 바람을 피하고 있다 샛바람에 산들도 돌아앉아 있다 맨살의 후박나무 거칠게 울음 우는 서거차도西巨次島, 기항지에서도 파도는 쉬지 못 한다 넘어졌다 일어나는 연습을 하더니 싸움을 시작한다

혼자서 싸우고 있다 해 떨어지고 먼바다로 돌아갈 때까지 일자진이 무너지면 학익진으로, 때로는 너울까지 불러들여 나아가고 물러서기를 잠시도 멈추지 않는다

얼마나 무너지는 연습을 해야 하는가

언덕에 앉아 파도에게서 넘어지는 법을 배우고 있다

낯가림하는 해당화 등 뒤에서 웃고 있다

천장遷葬

1

참꽃 흐드러진 봄날

꽃산에 앉아 파묘破墓를 한다

뼈는 청산에 흩어지고

흙이 뼈로 서 있는 무덤 속

주먹도끼처럼 단단한 두개골 덩그러니

빈방을 지키고

더는 마를 수 없는 정강이뼈

띠 뿌리가 감고 있다

직립直立의 위엄을 지켜주던 두 발과

견장이 빛나던 어깨는 끝내 찾을 수가 없구나

백지 위에 펼쳐 놓은 한 줌의 뼈

청동의 투구가 된 두개골

오랜 빛이 푸르름으로 내린다

2

활시위보다 팽팽한 힘줄 놓아 버리고

횡격막 견고한 빗장 풀어헤친 날

불이었던 심장 물이 되어

하늘과 땅으로 떠도는

地

水

火

風

할아버지, 무덤 밖 산뽕나무 한 그루 키우고 있다

3

늙은 산뽕나무 푸르렀던 날

단잠 자고 난 누에 순백의 고치집 지을 때

잉크빛 오디는 얼마나 달고 서늘했던가

잎과 껍질 뿌리째 나누어 준 산뽕나무

산허리 마른 뼈로 떠 있다

흩어진 뼈들 삼천대천세계 건너

화염산火焰山 한가운데

불이 되어 내려앉고

파미르고원 목이 타는 낙타의 길에

초록비 되어 건너온다

유형지에 두고 온 귀

폭포는 내전 중이다
소리에 쫓긴 귀가 운봉 아흔아홉 배미 돌아
금원 폭포 아래 서다
득음을 꿈꾸다 버리고 간 귀들 쌓여있는
폭포는, 본디 소리를 지키려 안간힘이다
세상 뭇소리를 삼킨 폭포가
소화불량증을 앓고 있다
유형지를 떠돌던 소리들 달려들어
폭포를 흔들고 있다
모음을 잠시 놓쳐버린 폭포가
비틀거리며 곤두박질친다
은빛 창날로 무장한 폭포의 손을 꺾으며
매향리 사격장에서 죽다 살아온 파열음 하며
풍도風島를 뭉개고 살아 돌아온 폭발음이
폭포를 쓰러뜨린다

내 귀도 내전 중이다
천사의 말을 들으려다 방언의 늪에 허우적이다
유형지에 버려진 내 귀도

모반을 꿈꾸며 오고 있다
맨 처음 폭포 소리가 맨 나중 소리를 업고
이사를 간다
세상 소리에 쫓긴 용추, 금원, 남덕유 폭포들이
벽소령 너머 더 깊은 곳을 찾고 있다
물비린내만 남긴 폭포의 뼈 부서지고
쫓겨 가는 폭포를 세상 뭇소리들이 토막 치고 있다
순음을 잃어버린 폭포가 뚝뚝 끊어진다
소리는 오고 있다
오는 소리는 피할 수가 없다

길과 절과 꽃의 시

공 광 규(시인)

임형신 시인의 시집 원고에 나타나는 제재들은 대부분 길과 절과 꽃들의 자장 안에서 변주되는 듯하다. 이를테면 그의 시에서 성공적인 형상화를 이룬 대부분의 시들이 길과 절과 꽃들의 자장 안에 있다는 것이다. 그의 시에서 가장 많이 차지하는 부분은 길에서, 즉 여행을 하면서 채집한 제재를 형상한 시들이다.

여행은 여행지에 대한 지식과 고향에 대한 향수, 자신에 대한 발견이라는 독특한 유익함을 준다. 자기 자신을 발견하고 되돌아보는 여행의 성찰적 요소가 시를 쓰게 하는 동력이 되기 때문에 그동안 많은 시인들이 여행시를 써 왔다. 그러나 대부분의 여행시들은 실패하기가 쉽다. 실패하는 이유는 여행시들이 여행정보만 주기 때문이다. 시는 정보가 아니라 대상과 충돌하여 발생한 서정적 충동을 기록하는 것이다. 시인들은 이것을 잊고 있다.

이러한 점을 잊지 않고 있는 임형신 시인의 여행시들은 시적 형상화에 거의 성공을 거두고 있다. 이를테면

「가을은」「싸리골」「석불역」「쑥골」「쇄재를 넘으며」「소금꽃」「피노리」 등의 시들이 그렇다. 「가을은」은 가을 날 영동선을 타고 여행하고 있던 중에 만난 사람과 사물의 풍경을 묘사하고 있는 시다. 이 시는 가을을 구성하고 있는 요소들을 화자가 일정한 거리에서 담담하게 진술하고 있는 수작이다.

　　가는귀먹은 방씨 할아버지네 마당 어치 등에서 놀고 있다

　　집총 거부하다 옥살이 하고 나온 안식일 교도의 아가서 위에 오래 엎드려 있다

　　깨어진 블록 담 틈새에 핀 깨꽃의 얼굴에서 땀 훔치고 있다

　　건초더미를 씹고 있는 염소 뿔에 가을은 걸려 있다 뿔에 받힌 안개가 나직이 울고 있다

　　백일기도를 끝낸 박수무당의 작두날에 푸른 호흡을 가다듬고 있다

　　석포역에 잠시 머물다 동점역으로 가는 영동선嶺東線의 가을은

　　　　　　　　　　　　　　　　　　　　－「가을은」 전문

어치 등에 머물고 있는 가을을 관찰하고 발견하는 시인의 시선이 구체적이어서 독자를 놀라게 한다. 어치 등에 놓고 있는 가을이 더 놀랍게 서정성을 자극하는 것은 어치 등이라는 보통의 시선으로 발견하기 어려운 낯설고 신선한 장소 때문이기도 하지만, "가는귀먹은 방씨 할아버지 마당"이라는 전제된 장소 때문이다. 이 전제된 장소를 배경으로 어치와 어치 등이 등장하면서 시골 가을의 풍경이 명확하게 떠오른다. 집총을 거부하다가 옥살이를 하고 나온 안식일 교도의 등장도 시에서 흔한 풍경은 아니다. 안식일 교도가 펴놓은 아가서 위에 햇살이 엎드려 있다는 의인화도 한적한 시골의 가을 교회 풍경을 떠올리게 한다. 아가서는 아름다운 비유의 백미이다. "가는귀먹은 방씨 할아버지네"나 "집총 거부하다 옥살이"한 안식교도, "깨어진 블록 담"이라는 부정적 어사들은 "놀고 있다", "엎드리고 있다", "훔치고 있다"는 동작을 나타내는 어절들과 충돌하면서 문장을 한층 풍부하게 한다. "염소 뿔에 가을이 걸려있"거나 "뿔에 받힌 안개 나직히 울고 있다"는 표현도 감각적이다. 이러한 감각을 영동선의 석포역에서 동점역 사이에서 포착해내는 시인의 시각과 진술능력이 독자에게 미적 쾌감을 불러일으킨다.

여행은 생각의 산파이고, 인간은 여행을 통해서 성숙된다.(공광규, 『이야기가 있는 시 창작 수업』, 시인동네, 2013) 사람들은 여행을 하면서 낯선 풍경과 자연을 만나

고 자기 자신을 되돌아본다. 또 지난 과거를 되돌아보기
도 한다.

젖은 새 몇 마리 날아와
몸 말리고 간다
초겨울 짧은 해 반짝 드는
손바닥만한 역 마당
충충나무 울타리에 둘러싸여
역은 멈춰 서 있다
참회록을 읽던 시절
망미리望美里 갈대 숲 찾아 헤매다
잠시 만났던 역
술을 뿌리며 지나온 날들 위에
지워져간 이름
문득
서늘한 이마 짚어가며
그날의 하늘 만나러 가는 길
싸락눈 내리는 플랫폼
길 잘못 든 사람 하나 내려
젖은 몸 말리고 간다
치악雉岳의 끝에 매달려
더는 길을 내주지 않던
장대 끝에 높이 들려있는 역

－「석불역」 전문

석불역이라는 구체적 역명을 시제로 하고 있는 시다. 시인은 작은 새 몇 마리가 앉을 수 있고, 해도 잠깐 짧게 머물다 가는 손바닥만한 아주 작은 역을 정성스럽게 묘사하고 있다. 이런 측면에서 임형신의 묘사 능력은 앞에 인용한 시를 비롯하여 여러 시에서 탁월함을 보여준다. 층층나무 울타리가 둘러싸고 있는 역은 멈춰 있는 것으로 묘사된다. 화자는 참회록을 읽던 시절에 갈대숲을 찾아가면서 들렸던 역이다. 그러나 이 역은 젊은 시절에 술을 마시며 지나오느라 잊어버렸다. 그러다가 문득 나이가 들어 다시 옛 역사를 찾아가본다. 자신이 젊어서 찾아왔던 순간처럼 어느 길을 잘못 든 사람이 젖은 몸을 말리고 있다. 이 길을 잘못 든 사람은 먼 기억속의 자아이다. 화자의 방황은 치악산의 끝에서 끝난다. 추억이 서린 작은 옛 역사의 모습을 간결하고 단정한 형식으로 묘사한 문장을 읽어가면서 독자들은 한적한 추억을 뒤돌아보는 감회에 젖게 된다.

　임형신 시인의 시에는 여행에서 만난 절이나 부처 등 불교제재가 많이 등장한다. 그 가운데 「감로암」「다시 강가에」「달이 오르면」「선림원 가는 길」의 시들을 읽다보면 시적 쾌락이라고 할 수 있는 큰 즐거움을 느끼게 된다. 「감로암」은 과거에 화자가 약천암을 찾아가서 물을 마시면서 한 철 머물렀던 절이다. 그러나 현재는 불사로 인해 절은 커졌으나 옛 모습과 전혀 다르다며 안타까워한다.

물 찾아다니다
약천사藥泉寺 지나 감로암 기슭 숨어 있는 샘 하나 찾아내다
그 물 마시며 한철 머물렀다
물 마시다 새 본다 물 마시다 꽃 본다 물 마시다 물병자
리 본다
지나던 새 물 마시고 과꽃 내려와 물 마시고 초록뱀 건
너와 물 마신다
울타리 가에 키 큰 골담초 노란 꽃잎 흘리며 물 마시다
간다
약사여래 그 물 마시고 아픈 이마 짚어준다
배롱나무 그 물 마시고 벙싯 벙싯 웃고 있다

다시 감로암이다
없다, 물 없다 샘 없다 감로 없다
과꽃 없다 멧새 없다 약사여래 없다 초록뱀 없다

있다, 돌샘 있던 작은 마당 넓은 마당 되어 표정 없는 석
불 하나 서 있다 큰 법당 하나 있다 큰 부처님 하나 있다
큰 절 하나 있다 없던 대웅전에 없던 신발 여럿 있다

물 마시다 하늘 마시던
돌샘 없다, 약천암에 약천이 없다
감로암에 감로가 없다
                                          − 「감로암」 전문

화자는 과거에 찾아가 묵었던 감로암을 다시 찾아가서는 예전 모습과 달라진 심정을 진술하고 있다. 1연은 과거에 머무르며 경험했던 사실들을 진술하고 있다. 과거에는 물을 마시다가 새를 보고 꽃을 보고 물병자리좌 별을 바라보던 곳이다. 지나가던 새와 과꽃과 초록뱀이 물을 마시던 곳이다. 골담초도 꽃잎으로 내려와 물을 마시고, 약사여래가 물을 마시고 사람들의 아픈 이마를 짚어주던 곳이다. 배롱나무가 물을 마시고 웃던 곳이다.

화자는 오랜 후에 감로암을 찾아갔는데, 그 과거와 달라진 정황이 2연에 진술되고 있다. 화자가 다시 찾아가서 본 감로암은 물이 없고 샘이 없고 감로가 없는 절이 되었다. 과꽃과 멧새와 약사여래와 초록뱀이 없는 절이 되었다. 그 이유는 불사 때문이다. 불사를 이유로 마당을 넓히고 석불을 새로 모셔오고, 큰 법당을 세우고, 큰 부처님을 모시면서 사람들이 몰려오면서 옛 모습을 잃어버린 것이다.

화자는 결국 감로암에 물을 마시다가 하늘을 마시던 돌샘이 없고, 약천이 없고, 감로가 없다고 한다. 사람들이 찾아가서 물을 마시고 쉬던 절이 불사라는 명목으로 대형 토목공사가 벌어지면서 진정한 절의 모습이 없어진 것을 안타까운 시선으로 비판하고 있다.

임형신 시인은 여행 중에 만난 자연사물을 자주 의인화하는데 성공한다. 「다시 강가에」서는 화자가 강가에

가서 나무들이 귀를 빌려 물소리를 듣고, 나무들의 혀를
빌려서 바람의 맛을 본다. 화자는 "나무들의 말을 찾아/
미루나무 숲이 있는 강가로 가면/ 수천의 귀를 열고 기
다리는 나무들/ 천수천안의 손을 흔든다"고 한다. 「달이
오르면」에서는 나무들이 "먼 강물 소리/ 환청에 귀를 세"
운다고 하고, 「선림원 가는 길」에서는 "졸고 있는 가을산
을 돌아다니며/ 물소리가 죽비를 친다"고 감각화 한다.

　여행 중에 만나는 꽃과 나무도 임형신 시의 제재에 많
은 부분을 차지한다. 「오래된 가방」에서는 가방을 하나
남기고 간 화자의 아버지를 환기한다. 아버지가 생전에
그 가방에 꽃을 따서 날랐기 때문이다.

　　마른논처럼 거죽이 튼 가방 하나
　　소작농이었던 아버지가 두고 갔다
　　할아버지한테 물려받은 가승家乘 한 첩
　　꼬옥 안고 있는 허울뿐인 유산 한 채
　　잉크 빛 희미한 이력서는 구석에서
　　아직도 소식 기다린다
　　시효 지난 차용증 몇 장 볼이 부어
　　가방 속에서 종주먹질하고
　　한때, 빚 문서 다 살라버리고
　　술맛이나 보자며
　　백화주나 빚자며
　　이 골 저 골 백가지 꽃을 따서
　　가득 채워 오던 가방은 꽃향기 가득한

향낭이었다
지금, 아버지의 짧은 생애가 꽃씨 몇 알로
깊은 잠을 자고 있다
끝내 피워보지 못한 꽃으로
또 하루가 저물고 있다

　　　　　　　　　　　－「오래된 가방」전문

　소작농이었던 아버지가 남기고 간 "마른 논처럼 거죽이 튼" 헌 가방에서 화자는 아버지의 일생을 떠올린다. 대부분 아버지들이 중요한 문서를 넣어두는 오래되어 낡은 가방. 화자는 할아버지에게서 물려받은 가승 한 첩과 어디에 취직해보려고 써 놓았던 이력서를 발견한다. 거기다가 시효가 지난 차용증들. 인생을 짓누르던 빚 문서들을 일거에 없애버리고 술을 담그려고 아버지가 갖가지 꽃을 따오던 가방이다. 그래서 화자는 그 가방을 향낭이라고 한다. 화자의 아버지는 꽃으로 피워보지 못하고 돌아가셨음을 "저물었다"는 표현으로 암시하고 있다. 낡은 가방이라는 사물을 고요하고 안정되고 담담한 문장으로 진술하고 있다.

　시인은 어느 마을을 지나다가 채송화를 만나 「앉은뱅이꽃」을 쓴다. 시에서 화자는 "스므살적 철둑길을 따라오던/ 낯익은 얼굴도 두 서넛/ 내가 서성이는 지점에/ 서성이"며 역 앞에서 누군가를 기다리고 있다고 한다. 「겹동백나무」는 "깨금발로 서 있"는데, 얼굴도 못 본 할

아버지가 심은 나무이다. 이 나무는 할머니가 시집올 때 사연과 전쟁이 나던 해 기억, 아버지가 집을 나가고 어머니와 신생을 같이한 나무이다. 지금은 의젓하게 세상의 인고를 다 겪고 보았다고 시루봉 너머로 먼 눈길을 주고 있다.

임형신 시인의 시 「햇빛 한 줄기 버려져 있다」는 대상 묘사가 일품이다. 구체적인 묘사로 산속 폐가의 쓸쓸한 정경이 눈에 선하다.

흙집 한 채 뿌리 뽑혀져 있다
사람이 가장 살기 좋다는 해발 칠백
삼도봉 아래 모운동 골짜기
이랑이랑 쥘 흙 놓아버리고
집 한 채 빈산에 떠있다
해를 넘긴 고랭지 배추밭 허옇게 말라가고
잡초 엉클어진 마당가에 쓰다만 가계부 버려져 있다
흙 묻은 가계부 펼쳐드니
한 땀 한 땀 메워간 칸칸마다
고등어 한 손 걸려있고
소금 한 됫박 엎질러져 있다
실밥 뜯긴 포대자루에는
실낱같은 햇볕도 한줌 버려져 있다
웃자란 애기똥풀 더미에 내팽개쳐진 가계부
빈손의 바람이 장을 넘길 때마다
적빈의 붉은 글씨 또렷이 드러난다

쥐오줌풀 사이에서
개불알꽃 사이에서

            – 「햇빛 한 줄기 버려져 있다」 전문

　삼도봉 아래 모운동 골짜기 폐가를 묘사하고 있다. 해를 넘긴 배추밭 풍경과 사람이 떠나 마당에 버려진 가계부가 스산한 감정을 불러일으킨다. 가계부에 적힌 고등어 한 손과 소금 한 됫박이 엎질러져 있다는 표현, "실밥 뜯긴 포대자루"에 "실낱같은 햇볕"이 한 줌 버려져 있다는 관찰력이 묘사의 묘미를 가져온다. 습기가 많은 곳에 자라는 애기똥풀 더미에 가계부가 내팽개쳐지고, 쥐오줌풀과 개불알꽃 사이에서 가계부를 바람이 넘길 때마다 글씨가 또렷이 드러난다. 이곳에서 꽃들, 그러니까 화려하지 않은 풀꽃들은 폐허를 덮는 자연물 이상이 아니다. 그러나 독자들은 습지나 덤불에서 피는 꽃들이 폐가를 덮으면서 사물의 무상성을 암시하고 있다는 것을 알아차릴 것이다.

　지금까지 임형신 시인의 시집원고를 읽어가면서 제재적 특징을 유형화하고 몇 편의 시를 자세히 들여다보았다. 그의 시가 탄생하는 주요 대상을 유형화하자면 길과 절과 꽃이라고 할 수 있다. 그의 수작들은 대부분 이런 범주의 제재에서 내어난 시편들이다. 여행지에서 만나는 자연공간과 인공사물, 절과 부처 등 불교적 제제, 꽃과 나무 등 자연사물을 만나 일으키는 서정적 충동을 구체적 묘사와 진술로 잘 갈무리하고 형상한다. 임형신 시인의 서정화 능력, 곧 시 쓰기의 능력이 돋보이는 이유가 여기에 있다.